P. Lechat, Kohlbacher

Catalogue de tableaux anciens

Composant la collection de M. Eugène Kraetzer de Mayence

Antigonos

P. Lechat, Kohlbacher

Catalogue de tableaux anciens

Composant la collection de M. Eugène Kraetzer de Mayence

Réimpression inchangée de l'édition originale de 1869.

1ère édition 2024 | ISBN: 978-3-38664-147-0

Antigonos Verlag est une marque de Outlook Verlagsgesellschaft mbH.

Verlag (Éditeur): Outlook Verlag GmbH, Zeilweg 44, 60439 Frankfurt, Deutschland
Vertretungsberechtigt (Représentant autorisé): E. Roepke, Zeilweg 44, 60439 Frankfurt, Deutschland
Druck (Imprimerie): Libri Plureos GmbH, Friedensallee 273, 22763 Hamburg, Deutschland

Vente le Mercredi 31 Mars 1869

Collection E. KRAETZER

DE MAYENCE

TABLEAUX ANCIENS

COMMISSAIRE-PRISEUR :

Mᵉ Philippe LECHAT, rue Saint-Lazare, 64

EXPERTS :

M. KOHLBACHER
DIRECTEUR DU KUNSTVEREIN
à Francfort
A PARIS : rue Laffitte. 20.

M. E. FÉRAL
PEINTRE
rue de Buffault. 23.

PARIS — 1869

CATALOGUE

DE

TABLEAUX

ANCIENS

COMPOSANT LA

Collection de M. Eugène KRAETZER

DE MAYENCE

DONT LA VENTE AUX ENCHÈRES PUBLIQUES AURA LIEU

HOTEL DROUOT

SALLE N° 2

Le Mercredi 31 Mars 1869

A DEUX HEURES ET DEMIE

Par le ministère de Me **PHILIPPE LECHAT,** Commissaire-Priseur, rue Saint-Lazare, 64,

Assisté de M. **KOHLBACHER,** Directeur du Kunstverein, à Francfort; à Paris, rue Laffitte, 20,

Et de M. **FÉRAL,** Peintre, rue de Buffault, 23, experts.

EXPOSITIONS

PARTICULIÈRE : le Lundi 29 Mars 1869
PUBLIQUE : le Mardi 30 Mars 1869

DE UNE HEURE A CINQ HEURES

PARIS — 1869

CONDITIONS DE LA VENTE

Elle sera faite expressément au comptant.

Les Acquéreurs paieront en sus des Adjudications CINQ CENTIMES PAR FRANC, applicables aux frais.

DÉSIGNATION

DES

TABLEAUX

ABTSHOVEN

(THÉODORE)

1 — Intérieur rustique.

Une femme assise est occupée à peler des pommes qu'elle pose dans une terrine en terre rouge placée près d'elle; au-dessus un hibou perché sur un morceau de bois; dans le fond des poules et un homme ouvrant une porte.

Ce tableau est signé D. TÉNIERS.

Bois. — H. 24 c. L. 34 c.

AELST

(GUILLAUME VAN)

2 — Fleurs.

Sur une table de marbre est posé un verre contenant des roses de différentes couleurs, un iris, une branche de pavot, etc. ; un papillon, des mouches et un colimaçon courent sur ces fleurs.

Signé dans le haut GUILL. VAN AELST, 1660.

Toile. — H. 48 c. L. 44 c.

BABUREN

(THÉODORE)

3 — Les Musiciens.

Ils sont de grandeur naturelle, à mi-corps ; l'un, vu de dos, vêtu d'une veste en soie jaune et d'un manteau rouge, pince de la mandoline ; sur la gauche, une femme, la poitrine découverte, une draperie bleue posée sur les genoux et tenant un violon ; auprès d'elle, un homme tenant un verre ; dans le fond une vieille femme.

Signé T. BABWREN, *Fecit an°*, 1623.

Toile — H. 110 c. L. 153 c.

BLOEMEN DIT ORIZONTI

(JULIUS-FRANZ VAN)

4 — Paysage.

Au milieu un chemin avec figures et animaux,
sur la gauche une fontaine entourée d'arbres, à
droite des rochers, fond avec montagnes.

Toile ovale. — H. 46 c. L. 65 c.

BLOEMEN

(PETER VAN)

5 — Paysage et Animaux.

Des chèvres, des vaches et des moutons, conduits
par un homme qui est monté sur un cheval, viennent s'abreuver dans un cours d'eau qui coule au
premier plan; à droite et à gauche de gros arbres,
dans le fond une maison couverte de chaume et des
collines.

Signé du monogramme.

Toile. — H. 45 c. L. 54. c.

BLOEMEN

(PETER VAN)

(*Pendant du précédent*)

6 — Animaux sous une grotte.

Des vaches, des chevaux, une chèvre et des moutons; sur la droite deux bergers, l'un monté sur
uu cheval et abrité sous une caverne formée par
des rochers; sur la gauche, paysage montagneux
avec constructions.

Signé du monogramme.

Toile. — H. 45 c. L. 54 c.

BOTH

(ÉCOLE DE JEAN)

7 — Paysage avec ravin.

Au milieu un chemin sinueux contournant de
grands rochers couverts d'arbres; sur le devant un
muletier, à droite des pins, à gauche est un terrain
inégal couvert d'arbres et de broussailles.

Bois. — H. 63 c. L. 55 c.

BORGHE

(VAN DER)

8 — Attaque de voleurs dans un bois.

Au détour d'un chemin qui traverse un bois, des voleurs attaquent deux charrettes; pendant que l'un des bandits monté sur l'une fait des menaces à une femme, les autres égorgent les voyageurs et les gens qui les conduisent.

Bois. — H. 50 c. L. 43 c.

BRAUWER

(ADRIAN)

9 — Intérieur de tabagie.

Un homme en veste rouge assis, la tête appuyée contre une cloison de bois et paraissant dormir; devant lui un banc sur lequel est un papier contenant du tabac; dans le fond plusieurs personnages jouant.

Joli tableau d'une couleur chaude et transparente.

Bois. — H. 23 c. L. 16 c.

BRECKELENCAMP

(QUIRYN VAN)

10 — Intérieur.

Une vieille femme assise pres d'un tonneau, sur lequel sont posés une cruche, un verre et une pipe, cause avec un vieillard qui se trouve à sa gauche; dans le fond un homme et une femme devant une cheminée; à droite des ustensiles de ménage.

Bois. — H. 40 c. L. 31 c.

BREUGHEL

(PETER, surnommé BREUGHEL D'ENFER)

11 — Scène du jugement dernier.

Tableau renfermant une quantité innombrable de figures; au milieu, Satan sur un pont de bois, assiste au supplice des damnés que des diables prennent et précipitent dans l'enfer.

Cuivre. — H. 30 c. L. 39 c.

CARRÉ

(MICHEL)

12 — Paysage et Animaux.

Deux vaches, des moutons et des chèvres viennent se désaltérer à une mare qui occupe le premier
plan; à gauche un groupe d'arbres brisés auprès
desquels est un berger monté sur un cheval blanc
et portant avec lui de jeunes moutons; sur la droite
et au second plan d'autres animaux dans des prai-
ries; fond avec montagnes.

Signé M. Carré, f.

Toile. — H. 52 c. L. 61 c.

COQUES

(GONZALÈS)

13 — Portrait d'homme.

Vu jusqu'à la ceinture, la figure en trois-quarts,
tête nue, grands cheveux blonds, justaucorps jau-
nâtre, col rabattu bordé de dentelles; fond de
paysage sur la droite.

Forme ovale, cuivre. — H. 15 c. L. 12 c.

CUYP

(ALBERT)

14 — Paysage et Cavaliers.

Dans un riant paysage, deux cavaliers sont arrêtés
à la porte d'un cabaret et se font servir à boire; l'un
est sur son cheval tenant un verre; il regarde en
souriant son camarade qui a quitté sa monture pour
courtiser de plus près la fille d'auberge qui les sert;
sur la droite un quatrième personnage; auprès de
ce groupe trois chiens dont un lévrier blanc; au-
dessus on aperçoit un paysan qui gravit une col-
line; fond avec montagne et château bâti sur un
rocher.

Tableau des plus précieux du maître, d'une couleur blonde et dorée, et d'une belle conservation;
sur la droite la signature.

Bois. — H. 54 c. L. 45 c.

CUYP

(JAKOB-GERRITZ)

15 — Portrait de jeune homme.

De grandeur naturelle, représenté debout; vêtements gris avec grande collerette bordée de dentelles, figure de trois-quarts, cheveux blonds; il

s'appuie sur un arc, le bras droit pendant et tient à la main une flèche ; à sa gauche une table couverte d'un tapis rouge sur laquelle est posé son chapeau.

Dans le haut on lit :

Ætatis suæ 13 ; *an°* 1638.

Toile. — H. 148 c. L. 92 c.

DELEN

(DIRCK-VAN)

16 — **Le Déjeuner.**

Dans une grande salle du temps de Louis XIII, richement meublée, deux dames et deux seigneurs assis autour d'une table occupés à manger des huîtres ; sur la gauche, devant une fenêtre, une jeune dame touche du clavecin ; à droite une porte ouverte laissant entrer deux nouveaux personnages ; dans le fond un lit près duquel est un bassin de cuivre rouge contenant des rafraîchissements que deux valets vont servir.

Signé D. van Delen, 1629.

Bois. — H. 122 c. L. 185 c.

DELEN

(DIRCK VAN)

17 — Un Bal.

Dans une riche galerie entourée de fenêtres cin-
trées et donnant sur un jardin, une troupe nom-
breuse de dames et de seigneurs se livrent au plaisir
de la danse; autour de la galerie sont posées des
banquettes sur lesquelles se repose une partie de la
société; sur la gauche les musiciens.

Bois. — H. 50 c. L. 65 c.

DIETRICH

(CHRISTIAN-WILHELM-ERNST)

18 — Angélique et Médor.

Dans un joli paysage, Angélique assise au pied
d'un arbre passe ses bras autour du corps de son
amant qui est debout occupé à graver leurs noms
sur un arbre; sur la gauche un cheval, à droite des
plantes, un bouclier, une pique et un casque.

Joli tableau de l'artiste.

Signé DIETRICH, *Pinx.* 1758.

Toile. — H. 65 c. L. 53 c.

DIETRICH

(CHRISTIAN-WILHELM-ERNST)

19 — La Mise au tombeau.

La scène se passe à l'entrée d'une grotte ; sur la gauche un personnage tient un flambeau qui éclaire vivement le corps du Christ que saint Joseph d'Arimathie, Nicodème et une sainte femme déposent dans le sépulcre ; à droite la Vierge accablée de douleur est soutenue par sainte Madeleine ; auprès un personnage à barbe blanche ; dans le fond d'autres figures dans la demi-teinte.

Tableau d'une belle couleur peint dans le sentiment de Rembrandt.

Toile. — H. 95 L. 70 c.

EVERDINGEN

(ALDERT VAN)

20 — Paysage avec cascades.

Site agreste avec rochers et maisons bâties sur la droite et entourées d'arbres ; au milieu un cours d'eau tombant en cascades auprès desquelles sont deux hommes et un chien ; à gauche de grands rochers couverts d'arbres.

Très-beau tableau de l'artiste.

Signé du monogramme.

Bois. — H. 90 c. L. 75 c.

EVERDINGEN

(ALDERT VAN)

21 — Marine; effet d'orage.

Le ciel est couvert de gros nuages. Sur la gauche, un navire en partie brisé et disparaissant sous d'énormes vagues que soulève la tempête; à droite, des rochers contre lesquels la mer va se briser.

Toile. — H. 105 c. L. 156 c.

FALENS

(CARL VAN)

22 — Le Départ pour la chasse.

Devant une riche habitation avec jardins, de jeunes femmes et des cavaliers, le faucon sur le poing, se disposent à partir; l'un d'eux, prêt à monter sur un cheval blanc, se fait servir à boire; à droite, une jeune femme et d'autres personnages sur la porte de l'habitation assistent au départ; à gauche, un homme à cheval, armé d'un fusil; près de lui, un valet suivi de plusieurs chiens et portant des faucons; au second plan, une fontaine où des femmes lavent du linge.

Toile. — H. 34 c. L. 42 c.

FYT

(ÉCOLE DE JOHANNES)

23 — Nature morte.

Au pied d'un rocher est appuyé un fusil après
lequel est pendu un lapin de garenne.

Toile. — H. 77 c. L. 58 c.

HALS

(DIRCK)

24 — Les Joueurs de trictrac.

Dans un intérieur, plusieurs jeunes femmes et
une troupe de jeunes gens, coiffés de chapeaux à
large bord, et richement vêtus ; les uns jouent au
trictrac ; à droite, un des cavaliers assis courtise une
jeune femme ; sur la gauche, un autre personnage
allume sa pipe ; près de lui, plusieurs autres figures,
dont une femme leur servant à boire. Des cartes et
une épée sont jetées à terre.

Bois. — H. 30 c. L. 42 c.

HEEM

(JAN-DAVIDZ DE)

25 — Fleurs et Insectes.

Une guirlande de fleurs, composée de roses, de pivoines, de tulipes, de soucis, d'anémones, de fleurs de pommier, de maïs, etc., attachée avec du lierre et pendue à une muraille; des papillons, une cigale, des mouches, des fourmis et autres insectes, courent ou voltigent sur les fleurs.

Ravissant tableau de la plus grande finesse, du plus beau temps du peintre et d'une parfaite conservation.

Signé : **J.-D. DE HEEM. F.**

Toile. — H. 50 c. L. 67 c.

HOBBEMA

(ATTRIBUÉ A MEINDERT)

26 — Entrée de forêt.

Au milieu du tableau, un chemin avec un chasseur et un chien; au premier plan, une mare; quelques éclaircies, à travers les arbres, permettent de voir le ciel; sur la droite, des broussailles.

Toile. — H. 75 c. L. 96 c.

HONTHORST

(GÉRARD)

27 — Le Christ insulté par les soldats.

Le Christ assis, les mains liées, le corps à moitié
nu. Un soldat pose sur sa tête la couronne d'épines,
un autre lui offre un roseau; sur la gauche, les ju-
ges qui ordonnent le supplice; au premier plan, un
soldat assis; à droite, plusieurs autres debout et
tenant chacun un bâton.

Superbe tableau de l'artiste, d'une parfaite conservation.

Toile. — H. 156 c. L. 220 c.

QUERFURT

28 — Des Cavaliers.

Un officier supérieur, portant cuirasse, une
écharpe en soie rouge, nouée à sa ceinture, donne
des ordres à plusieurs cavaliers, dont l'un, sur la
gauche est descendu de cheval; sur la droite d'autres cavaliers, rocher dans le fond; au premier
plan, deux chiens.

Bois. — H. 30 c. L. 40 c.

QUERFURT

(Pendant du précédent)

29 — Le Départ pour la chasse au faucon.

Auprès de quelques maisons, plusieurs cavaliers montés sur leurs chevaux et partant pour la chasse; l'un donne du cor; sur la gauche, deux autres personnages se mettent en selle; au premier plan un enfant attachant un chien; dans le fond un valet porte les faucons.

Bois. — H. 30 c. L. 40 c.

KIERINGS

(JACQUES)

30 — Paysage.

C'est l'entrée d'une forêt. Plusieurs chasseurs, suivis de leurs chiens, poursuivent un cerf; au premier plan, un vieux chêne, au tronc noueux, au pied duquel sont des plantes; à droite, on distingue le ciel et des montagnes. Les figures sont par Esaias Van den Velde.

Signé du monogramme et daté 1660.

Toile. — H. 156 c. L. 125 c.

KOBELL

(WILHEM)

31 — L'Auberge.

Un seigneur, l'épée au côté, grandes bottes, et
veste rouge sur laquelle on aperçoit une décora-
tion, descend l'escalier de l'auberge saluant l'hô-
telier qui lui fait de grandes révérences; sur le
devant, plusieurs valets; l'un tient par la bride un
cheval blanc qui se cabre, auprès est un autre cheval isabelle que tient un enfant, pendant qu'un
second valet boucle un sac de voyage; sur la droite
de l'auberge, s'arrête une diligence remplie de
voyageurs et traînée par trois chevaux; un garçon
de l'hôtel ouvre la portière et semble inviter quelques voyageurs à descendre.

A droite, une rivière; sur les bords, un homme
conduisant des moutons.

Ravissant tableau de l'artiste. peint dans la manière de Wouverman.

Toile. — H. 49 c. L. 63 c.

LUNDENS

(G.)

32 — La Promenade.

Dans un bois, une jeune femme suivie de deux
chiens lévriers, et richement vêtue, tient des

fleurs; à sa main une houlette; sur la gauche, une fontaine derrière laquelle est un jeune homme, en partie caché par des arbres et regardant la jeune femme.

Joli tableau que nous pourrions croire de Gonzalès Coques, si ce n'était la signature de G. Lundens qui se trouve à droite.

Bois. — H. 45 c L. 69 c.

MARATTA

(carlo)

33 — L'Ange.

Dans un site sauvage, un ange conduit un enfant et lui montre le ciel qui s'ouvre laissant échapper un rayon lumineux autour duquel voltigent des têtes d'anges.

Toile. — H. 59 c. L. 37 c.

PLATZER

(jean-victor)

34 — Alexandre et Porus.

Copies par l'artiste des tableaux de Le Brun, que possède le Musée du Louvre, nᵒˢ 73 et 74 du Cata-

logue, et où notre artiste a mis cette finesse d'exécution que l'on remarque dans ses plus beaux
ouvrages.

Nous ne pouvons mieux faire que de donner la
description et la traduction de Quinte-Curce et de
Plutarque, que donne le Catalogue du Musée :

« Porus, roi des Indiens limitrophes, ayant tenté
d'arrêter l'armée des Macédoniens au bord de
l'Hydaspe, fut vaincu et fait prisonnier, après avoir
perdu ses deux fils, ses généraux, douze mille
Indiens et quatre-vingts éléphants. Couvert de bles-
sures, mais respirant encore, il fut amené devant
Alexandre, qui lui demanda comment il le trai-
terait; Porus lui répondit qu'il le traitast royalement. Alexandre luy demanda s'il voulait rien dire
davantage, et il respondit de rechef que le toust se
comprenoit soubs ce mot royalement; par quoy
Alexandre ne luy laissa pas seulement les provinces
dont-il restait roy auparavant, mais aussi luy ad-
jousta encore beaucoup de païs. » (Plutarque, traduction d'Amyot.) — Alexandre à cheval et suivi
des principaux chefs de son armée, étend la main
vers Porus, que soutiennent trois soldats; plus
loin, un cavalier macédonien traîne un prisonnier
attaché à la queue de son cheval, et d'autres captifs
sont maltraités par des soldats ; on aperçoit dans le
fond le champs de bataille couvert des débris de
l'armée indienne.

Cuivre. — H. 55 c. L. 52 c.

PLATZER

(JEAN-VICTOR)

(Pendant du précédent)

35 — Entrée d'Alexandre dans Babylone.

« La plupart des Babyloniens s'étoient placés sur les murailles, dans l'impatience de connoitre leur nouveau roy; plusieurs étoient allés au-devant de lui, et de ce nombre étoit Bagophanes, gouverneur de la forteresse et garde du trésor royal, qui avoit fait joncher toute la route de fleurs et de couronnes, et disposer des deux côtés des autels d'argent, chargés non-seulement d'encens, mais de toutes sortes de parfums; après lui suivoient ses présents, qui consistoient en troupeaux et chevaux; venaient ensuite les mages, chantant des vers sur le mode du pays; ils étaient suivis de chaldéens, puis des devins de Babylone et même des musiciens, chacun avec leurs instruments de sa profession. La cavalerie babylonienne marchoit la dernière, hommes et chevaux dans un appareil plutôt de luxe que de magnificence. Le roy, au milieu de ses gardes, fit marcher le peuple à la suite de son infanterie; il entra sur un char dans la ville, et se rendit desuite au palais. » (Quinte-Curce, liv. V.) Alexandre est debout sur un char, enrichi d'or et d'ivoir, traîné par deux éléphants richement caparaçonnés; il tient, d'une main, un sceptre d'or surmonté de la figure de la Victoire, et de l'autre son épée; sur le devant, un cavalier donne des ordres à deux esclaves qui portent sur un brancard un vase d'or ciselé.

Cuivre. — H. 51 c. L. 82 c.

REMBRANDT

(VAN RYN)

— 36 — La Conversion de saint Paul.

Saint Paul, renversé de son cheval, est étendu sur le sol ; il lève un bras vers le Ciel et paraît reconnaître l'existence de Dieu. Les soldats de sa suite, effrayés, ne peuvent maintenir leurs chevaux qui se cabrent et fuient dans diverses directions ; un porte-drapeau, monté sur un cheval blanc, occupe le milieu du tableau ; à droite, un paysage fuyant, avec cavalier en marche ; sur la gauche, des rochers.

Ce tableau est de la première manière du maître, d'une belle couleur et d'un effet remarquable.

Signé REMBRANDT F., 1636. ∞ —

Bois. — H. 63 c. L. 91 c.

ROSA

(SALVATOR)

37 — Paysage avec cavaliers.

L'artiste a voulu représenter la fin d'un combat ; un officier, monté sur un cheval, donne des ordres à deux soldats qui se disposent à emporter un blessé étendu sur le sol.

A gauche et à droite, un certain nombre de cavaliers défilant dans des chemins creux, entre des rochers.

Toile. — H. 56 c. L. 70 c.

RUBENS

PETER-PAUL)

38 — Le Coq et la Perle.

Dans un riant paysage, un superbe coq au plumage brillant se dresse sur ses pattes le bec ouvert; il est posé sur un fumier et semble regarder, en courroux, un bijou sur lequel est monté un gros brillant; sur la gauche est une mare; paysage boisé et d'une fraîcheur remarquable; dans le fond, des montagnes.

Superbe peinture, admirable de couleur et d'exécution.

Bois. — H. 98 c. L. 67 c.

RUYSDAEL

(JAKOB)

39 — Marine.

La mer agitée et le ciel en partie couvert de nuages font deviner les suites d'un orage qui fuit vers la droite; sur la gauche, le ciel devient bleu, et le soleil éclaire la mer dans certaines parties; deux bateaux de pêcheurs, les voiles déployées, luttent encore contre l'orage; dans le fond, un navire et autres bateaux filant dans différentes directions.

Bois. — H. 71 c. L. 112 c.

RUYSDAEL
(ATTRIBUÉ A JACOB)

40 — Paysage.

Au milieu, un chemin sinueux traversant une forêt; sur la gauche, deux cavaliers suivis de leurs chiens; de gros arbres font ombre sur le premier plan, et le soleil éclaire vivement le terrain et les arbres.

Beau paysage d'une vigoureuse exécution.

Bois. — H. 58 c. L. 50 c.

SLINGELAND
(PETER VAN)

41 — Portrait d'un artiste.

Il est vu à mi-corps, représenté dans son atelier, la figure presque de face, grands cheveux blonds tombant sur ses épaules, veste noire avec grand manteau de la même couleur; il montre avec sa main droite un tableau posé sur un chevalet.

Bois. — H. 17 c. L. 15 c.

TENIERS

(DAVID LE JEUNE)

42 — Deux Fumeurs.

L'un debout et vu de face, tient une cruche d'une main et une pipe de l'autre; le second assis auprès d'une cheminée où pétille un bon feu, est occupé à allumer sa pipe, il a près de lui une cruche.

Joli petit Tableau du maître, signé du monogramme.

Bois. — H. 11 c. L. 8 c.

TENIERS

(DAVID LE PÈRE)

43 — Solitaire dans un paysage.

Dans un paysage agreste, avec rochers sur la droite et cours d'eau tombant en cascades, un solitaire est assis tenant un livre; sur la gauche, un abri couvert de chaume.

Signé du monogramme.

Toile. — H. 47 c. L. 44 c.

VELDE

(VILLEM VAN DEN)

(*Signé.*)

44 — Combat naval.

Un vaisseau de guerre, les voiles serrées et portant le pavillon hollandais, lance ses projectiles contre un autre navire caché en partie par la fumée ; sur le devant, un bateau conduit par des rameurs ; dans le fond, on aperçoit d'autres vaisseaux de guerre placés à distance et prenant part au combat.

Signé : W. V. DE WELDE.

Bois. — H. 36 c. L. 45 c.

VERNET

(CLAUDE-JOSEPH)

45 — Marine; effet de soleil couchant.

Sur la gauche, une tour et des remparts ; au premier plan, deux hommes dont l'un est assis sur un canon. Sur la droite, des pêcheurs, au second plan, un navire de guerre près duquel sont quelques bateaux. Dans le fond, deux tours et une forteresse bâtie sur un rocher.

Beau tableau de l'artiste.

Toile. — H. 53 L. 80 c.

VERSCHURING

(HENRIK)

46 — Portrait de femme.

Elle est représentée debout dans un jardin, vue jusqu'aux genoux, la figure de face, robe noire avec grande collerette rabattue sur les épaules; elle tient à la main gauche un éventail. Près d'elle, un vase de pierre contenant un pied d'œillets en fleurs.

Fond avec fontaine.

Signé H. VERSCHURING *fecit, anno* 1666.

Bois. — H. 39 c. L. 31 c.

VLIEGER

(SIMON DE)

47 — Plage de Scheveningen.

Sur la gauche, des dunes en partie couvertes de gazon et au sommet desquelles s'élève une maison. Sur le devant, des marchands de poissons causent avec un homme monté sur un cheval et suivi de deux chiens. A droite, la mer, et sur les bords un certain nombre de pêcheurs entourant un bateau que la marée basse a laissé sur le sable.

Beau tableau de l'artiste.

Bois. — H. 59 c. L. 83 c.

WEENIX

(JAN)

48 — Gibier et Ustensiles de chasse.

Sur une console de marbre est posé un faisan au plumage fin et soyeux; à un crochet en fer est accroché un lièvre dont la tête et une partie du corps reposent sur la console; au-dessus, deux perdrix et quelques instruments de chasse pendus à un fil; dans le fond, des filets et une gibecière.

Magnifique tableau de la plus grande finesse et d'une parfaite conservation.

Signé dans le haut, à droite : J. WEENIX F., 1677.

Toile. — H. 125 c. L. 101 c.

WEENIX

(JAN-BAPTIST)

49 — L'Étameur.

Il est assis sur une pierre, près d'une maison, au pied d'un grand rocher, coiffé d'un chapeau à larges bords, ses vêtements déchirés, les jambes nues; il tient une pipe; près de lui un chaudron, un marteau, un soufflet et autres outils de son état; sur la gauche, un paysage avec aqueduc en ruines sous lequel passent une femme et un muletier.

Tableau d'une belle couleur et d'une exécution large.

Signé : J. WEENIX, 1674.

Toile. — H. 79 c. L. 63 c.

WEENIX

(JAN-BAPTIST)

50 — Tobie.

Il est étendu sous une treille et paraît plongé dans un profond sommeil ; une hirondelle vole au-dessus de sa tête ; il a près de lui des légumes, un vase de cuivre et autres objets ; à droite, la margelle d'un puits sur laquelle sont posés une cruche et un panier de raisins ; dans le fond, un chien, des oiseaux de basse-cour, un homme portant une cruche et se disposant à monter un escalier.

Signé : J.-B. WEENIX.

Toile. — H. 90 c. L. 79 c.

WERFF

(LE CHEVALIER ADRIAAN VAN DER

51 — Bacchus enfant.

Il est endormi sous une treille, étendu sur une étoffe rouge, la jambe droite posée sur un vase de cuivre. Il tient une grappe de raisins ; fond de paysage avec montagnes sur la gauche.

Bois. — H. 21 c. L. 26 c.

WERFF

(LE CHEVALIER ADRIAAN VAN DER)

52 — Portrait d'un jeune seigneur.

Il est debout, le bas du corps caché par une balustrade de pierre, il porte une cuirasse et tient à la main le bâton du commandement; fond avec paysage.

Bois. — H. 47 c. L. 34 c.

WETT

(GÉRARD DE)

53 — L'Ange Raphaël s'élevant vers le ciel, aux yeux de Tobie et de sa famille.

Sara à genoux lève les bras vers le ciel; sa mère, les mains jointes, est assise sur les degrés de pierre de la maison; le père de Tobie, aussi à genoux, porte une main à sa figure et paraît ébloui par la lumière que jette l'ange; Tobie debout paraît également surpris; à droite, un serviteur fouille dans un coffre; à gauche, un nègre.

Signé : J. DE WETT, et daté.

Bois. — H. 50 c. L. 67 c.

WITT

(EMMANUEL DE)

54 — Intérieur d'église.

La nef occupe le milieu du tableau ; sur la gauche, un homme marchant avec des béquilles ; au milieu, un seigneur, une jeune femme et une petite fille visitant l'église ; dans le fond, un prêtre dit la messe, des hommes et des femmes agenouillés assistent à l'office.

Signé et daté 1669.

Bois. — H. 50 c. L. 65 c.

WOUWERMAN

(PHILIPS)

55 — Paysage; marine.

Sur la gauche, un terrain avec bouquet d'arbres près desquels sont une femme et un cheval ; à droite, la mer qui occupe aussi le premier plan ; trois pêcheurs, dont deux dans un bateau, viennent de jeter leurs filets.

Délicieux petit tableau de la plus fine qualité de de l'artiste, signé du monogramme.

Bois. — H. 20 c. L. 26 c.

WYK

(THOMAS)

56 — Un homme d'affaires dans son cabinet.

Il est assis auprès d'une fenêtre cintrée et tourne la tête pour regarder à sa droite des livres posés sur une table couverte d'un tapis rouge ; autour de lui sont jetés d'autres livres et des papiers, dans le fond un rideau.

Toile collée sur bois. — H. 41 c. L. 33 c.

WYNANTS

(JEAN)

(*Figures de Lingelbach*)

57 — Paysage.

Chemin sinueux et fuyant ; sur la gauche un monticule de terrain éboulé qu'éclaire le soleil ; au premier plan un arbre en partie brisé et au pied des chardons et autres plantes ; sur le devant un chasseur à cheval, près de lui un valet portant des faucons et suivi de plusieurs chiens ; dans le fond d'autres personnages.

Ravissant petit tableau de l'artiste.

Toile collée sur bois. — H. 22 c. L. 18 c. 1/2.

ZACHT-LEVEN

(KORNELIS)

58 — Intérieur rustique.

Un homme occupé à vider un mouton qui est pendu à un étai, derrière lui deux enfants et un chien, au fond un autre personnage, sur la droite des ustensiles de ménage.

Bois. — H. 37 c. L. 57 c.

ZACHT-LEVEN

(KORNELIS)

59 — Intérieur d'étable.

Sur la droite, une femme est occupée à traire une chèvre ; auprès d'elle sont un enfant et un homme tenant un seau ; au milieu, un seigneur paraît donner des ordres à deux bergers dont l'un porte un mouton sur ses épaules ; au premier plan des légumes.

Bois — H. 57 c. L. 100 c.

ZAMPIERI DIT IL DOMENICHINO

(DOMENICO)

60 — Uranie.

De grandeur naturelle, représentée nue; elle tient à la main droite un compas et à l'autre main un miroir; elle pose un de ses pieds sur un globe céleste; fond avec rideau et colonnes.

Toile. — H. 200 c. L. 135 c.

ÉCOLE ESPAGNOLE

61 — La sainte Famille.

La Vierge assise tient sur ses genoux l'enfant Jésus debout et donne la bénédiction au petit saint Jean qui est devant lui lui offrant une pomme; dans le fond, saint Joseph; sur la droite, saint François d'Assises, les mains croisées sur la poitrine, tenant une croix.

Toile. — H. 122. c. L. 97 c.

ÉCOLE ITALIENNE

62 — **Cupidon.**

Il est assis au bord de la mer, les ailes déployées ;
il tient son arc se disposant à partir. '

Toile. — H. 81 c. L. 72 c.

Renou et Maulde, imprimeurs de la Compagnie des Commissaires-Priseurs,
rue de Rivoli, 144   22131